Épîtres

A

UN JEUNE FRANCE,

PAR E.-M. M.

A PARIS,

CHEZ GARNIER FRÈRES, AU PALAIS-ROYAL.

1836.

Epîtres.

PARIS. — IMPRIMERIE DE COSSON,
Rue Saint-Germain-des-Prés, 9.

Épîtres

A

UN JEUNE FRANCE,

PAR E.-M. M.

A PARIS,

CHEZ GARNIER FRÈRES, AU PALAIS-ROYAL.

—

1836.

I

Enfant infortuné du siècle des lumières ,
Philosophe en bavette, esprit fort en lisières ,
Dont le génie enflé de centons décousus
Atteint à ces hauteurs où le bon sens n'est plus ,
Quel espoir te soutient, grand faiseur d'utopies,
Pour vouloir qu'à tes vœux nos cités asservies

Ne puissent au bien-être arriver que par toi ?
Sur quel mont Sinaï vas-tu prendre ta loi ?
N'est-ce point, par hasard, sur la *Sainte Montagne*
Que, dans nos souvenirs tant d'horreur accompagne ?

Insensé ! quand jadis, pour dégoûter du vin ('),
Devant un fils de Sparte, on plaçait à dessein
Un Ilote, instrument d'une haute sagesse,
Se plongeant, se vautrant aux fanges de l'ivresse,
Qu'aurait-on dit de toi, si, docile à rebours,
Ton esprit de crapule avait cru faire un cours !
Eh bien ! voilà ton cas : tu choisis pour modèle
Des excès qu'on doit fuir l'image trop fidèle,
Et tu dis : Il est vrai, nos pères ont eu tort,
Mais c'est d'avoir pâli quand ils étaient au port ;
C'est d'avoir reculé devant l'œuvre achevée ;
C'est d'avoir brûlé l'arche après l'avoir sauvée.
Jeune homme, tu crois donc qu'il en était ainsi ?
Oui, le rêve était fait, mais non pas accompli.
J'admire comme toi, peut-être davantage,
Car j'en fus le témoin, tant d'efforts de courage

Pour repousser l'Europe et sauver notre sol ;
J'admire nos tribuns, quand sous eux prit son vol
L'emblême aux trois couleurs qui fit le tour du monde ;
Mais je ne puis les voir, dans leur haine profonde,
Quand de nos longs combats ils assuraient le sort,
Eux-mêmes tour-à-tour s'envoyer à la mort,
Seul moyen qui rendît l'ordre moins impossible...
Et tu n'a pas compris cette leçon terrible !....

Fonder l'Égalité ! c'est vouloir que le sang
Mette lui seul à flot l'autorité, le rang.
Un État si conforme au *vœu de la nature*,
Peut-il même un seul jour vivre sans dictature ?
Que voulait Robespierre, et que voulait Marat ?
Un pouvoir sans partage ; ils croyaient que l'État
C'était eux ; moins hautain, Louis le quatorzième,
Venu d'un peu plus haut, pensa, dit-on, de même.

Et crois-tu, que ces chefs dont les noms quelquefois
Semblent être un tocsin sonné contre les rois,
Rêvent l'Égalité ? Non, c'est à toi qu'ils laissent
Ces vœux fort ingénus qu'à tes yeux ils caressent ;

L'Égalité ! Fi donc ! A leur grand cœur il faut
Pour qu'il soit à son aise , et du bas et du haut ;
Le Haut pour eux, s'entend ; le Bas ne leur va guères,
Il est pour vous, à moins qu'un complot de faux-frères
Ne vienne couper court aux beaux rêves qu'ils font,
Et passer à propos le niveau sur leur front...

Mais prends garde, ô vainqueur, la hache est tou-
jours prête ;
Comme un Saint-Sacrement, si tu portes la tête (²),
Tu feras la culbute... Aux soupçons , à la mort ,
Tu demandais tremblant de quoi te rendre fort ,
Tu l'as ; mais cette force est le règne d'une ombre,
Le règne d'un éclair , dans ce royaume sombre
Où Dante , s'il vivait , placerait *la Terreur.*

Eh ! quoi ! dans tous ces chefs que ta jeune candeur
Si plaisamment érige en astres de la France ,
Tu n'as point soupçonné cet esprit d'arrogance
Qui dit : Tout est en moi , Patrie , Espoir , Talens ;
Vous autres, s'il vous plait , soyez mes instrumens !

Ton œil n'est donc pour voir, et ton oreille obtuse
N'avertit donc jamais ton esprit qui s'abuse ?
Mais non, tu les connais, ces chefs ambitieux ;
Tu ne dis rien, comptant quelque jour faire mieux.

On caresse l'orgueil d'un ouvrier bonhomme,
On fume dans sa pipe, on boit de son rogome,
On le loue, on l'exalte avec un gros juron ;
Mais on a quelque part un élégant salon
Où l'homme aux rudes mains n'a plus droit de séance,
Où son grossier compère est presque une Excellence ;
Là, d'une cour future on fait l'essai naïf ;
Et comme notre siècle est surtout inventif,
C'est en Napoléon qu'on se pose, et l'on rêve,
On rêve des grandeurs sans relâche et sans trêve.

Elle et Napoléon !.. Quel mélange, grands Dieux !
Quel contraste ! On sait bien qu'en ce temps curieux
Où l'épée à l'État donnait un nouvel être,
Dans nos mains, un beau jour nous vîmes apparaître
Cette monnaie où *l'Une* avait gardé son nom,
Et l'autre mis son type avec plus de raison ;

D'un côté, l'épitaphe avec art déguisée,

De l'autre, le guerrier qui l'avait composée ;

Est-ce là ce qu'on veut ! Ma foi , pour le guerrier,

Nous l'avons payé cher ; il n'est pas un laurier

Qui d'une liberté n'ait recouvert la place ,

D'une liberté vraie, et non de sa grimace.

Heureux pourtant, heureux que son souffle puissant,

Sous une forme ou l'autre , au cadavre gisant

Ait su rendre la vie ! Il eut des torts , sans doute ;

Mais si l'ère de sang dont tout sage redoute

De voir venir la sœur derrière vos essais ,

Mérite qu'on l'excuse au nom du sol français

Par elle maintenu dans son indépendance ,

L'homme qui rétablit l'ordre et les lois en France ,

Auprès d'un patriote a plus de droits encor

Au pardon des écarts, suite d'un grand essor.

Mais vous, enfans perdus de toutes ces doctrines

Qui n'ont jamais servi qu'à bâtir des ruines ,

Vous, dont les chefs déjà divisés , méconnus ,

Jalousés, soupçonnés, avant d'agir perdus,

Livreraient aux fureurs d'une sanglante orgie

De vos clubs bigarrés la révolte accomplie,

Et donneraient d'abord, courant après le neuf,

Quatre-vingt-treize, oui bien, mais sans quatre-
     vingt-neuf (³),

Quelle excuse auriez-vous? Voit-on de nos frontières

L'Étranger tout-à-coup entr'ouvrir les barrières ;

Ennemis au dehors, ennemis au dedans ;

Des généraux sans foi, sans cœur ou sans talens ;

Point d'or, de fer, de poudre ; aux villes affamées

La loi prenant le pain qu'attendaient nos armées ;

Et dans ces camps nouveaux, des soldats qui jamais

N'ont vu luire de fer que le soc des guérêts ?

Voit-on comme en ces jours où l'étoile de gloire

D'Égypte à nos drapeaux ramenait la victoire,

Nos routes et nos bourgs infestés de brigands,

Point d'argent au trésor, l'indiscipline aux camps,

Les plus braves tentés d'abdiquer leur courage,

Plus de ressort public, si ce n'est le pillage,

Et, fripons par brevet, d'ignobles fournisseurs

De nos soldats tout nuds escomptant les douleurs ?

N'est-il donc point d'abus ? vas-tu dire ; d'abord,
N'appelons point abus ces moyens dont le tort
Est à vous, à vous seuls, à vos sauvages pactes,
A vos écrits trompeurs que démentent vos actes,
Et qu'ils démentiraient surtout le premier jour
Où vos propres abus auraient enfin leur tour.
S'il arrivait jamais, ce temps, dont Dieu nous garde !
Oh ! Qu'il serait osé l'homme qui ne se farde,
L'écrivain un peu niais, qui voudrait librement
Sur vos faits, citoyens, dire son sentiment !
De vos chefs, on le sait, la mesure première
Serait, excusez-moi, de souffler la lumière,
D'empêcher qu'on ne vît d'où l'on serait venu,
Où l'on irait…. Allons, c'est un fait convenu,
Tu souris. Adieu donc, quelqu'autre jour peut-être,
Nous parlerons encor de l'être et du paraître,
De l'art qui n'est pas neuf, malgré ses tours nouveaux,
D'achalander la forme et d'exploiter les sots.

Adieu donc ; mais pourtant, un petit mot encore :
Je sais, tu le vois bien, quels noms ta secte implore,
Je sais à quels moyens vous comptez recourir
Pour nous faire passer sous *votre bon plaisir,*

Et donner suite aux vœux de ce Marquis candide (⁴),

Qui trouva Robespierre auprès de lui timide ;

Mais la France répugne à ces funestes dons

Qu'apportent pleins d'orgueil tant d'imberbes Solons;

Aussi quand leur stupide et féroce sagesse

Veut pour forcer nos goûts que la terreur nous presse,

Que l'échaffaud dressé pour dix, quinze ou vingt ans (⁵)

Scelle *le bon plaisir* des bourreaux survivans ,

Combien vous dépassez vos maîtres politiques !

Eux du moins ignoraient ces tempêtes publiques

Où par le bras du sort ils se virent lancés ;

Avec quatre-vingt-neuf, ils se croyaient poussés

Vers des jours de bonheur, et l'inexpérience

Plus que la cruauté fit les maux de la France.

Adieu ; ton propre bien veut qu'à ce faible écrit

Sans rancune un moment s'abaisse ton esprit.

—

NOTES.

(¹) *Insensé! Quand jadis pour dégoûter du vin*, etc.

Cette méthode des Spartiates peut s'appliquer à tous les âges et pour d'autres objets que pour la Tempérance. Combien de fois des gens de bon sens n'ont-ils pas été dégoûtés d'un parti, en voyant à quels excès de déraison des personnes, estimables d'ailleurs, se laissent aller pour soutenir ce qu'elles appèlent leur conviction? On a observé que les hommes dont la conviction a le plus varié, sont d'ordinaire les plus entêtés des nouvelles idées qu'il leur plaît de loger dans leur étroit cerveau, après tant d'autres qui n'ont pu y tenir, et les plus féconds en boutades despotiques pour les faire valoir et pour repousser la contradiction. Afin de n'être pas tournés au moyen de leurs convictions précédentes, ils se battent comme un brave adossé contre un mur, et repoussent par tous moyens en leur pouvoir, par le mensonge, par la colère brutale, par les injures, les moindres objections qu'on leur fait.

(²) *Comme un Saint-Sacrement si tu portes la tête*, etc.
Ce sont des mots de l'époque.

(³) *Quatre-vingt-treize, oui bien, mais sans quatre-vingt-neuf,*
Ce n'est pas seulement des Émigrés qu'on a pu dire qu'ils
n'avaient rien oublié ni rien appris. Le règne de 42 ans donné
dans des proclamations de 1834, à *celle* que Napoléon avait
détrônée, n'a rien à envier au règne imaginaire que Louis XVIII
avait cru devoir se donner, lorsqu'il rentra en France. Ce
prince eut du moins l'avantage de l'invention.

(⁴) *Et donner suite aux vœux de ce Marquis candide*, etc.
Ce *Marquis candide* est Saint-Just, dont l'exemple montre
où peuvent entraîner de bonnes intentions sans nulle expérience,
et l'amour des hommes, le désir de les gouverner, sans savoir
le moins du monde, ce qu'ils valent et ce qu'ils peuvent.

(⁵) *Que l'échaffaud dressé pour dix, quinze ou vingt ans*, etc.
Si le régime que nous voulons introduire, disent quelquefois
ces messieurs, durait dix, quinze ou vingt ans, il serait as-
suré pour toujours. Mais, au milieu de la répugnance qu'on
éprouve en général pour tous ces essais que les enthousiastes re-
gardent comme infaillibles, on ne pourrait faire fonctionner la
machine gouvernementale qu'ils rêvent, que par les moyens
employés en 93 ; et ceux qui sont le plus avancés dans l'initia-
tion, avouent cette nécessité-là.

Je conçois ton dépit, jeune présomptueux,
A la barbe touffue, aux longs et plats cheveux,
Un témoin de ces temps que ta ferveur évoque
Ne peut qu'importuner ta sagesse équivoque,
Tes grands mots ont besoin d'écouteurs complaisans
Qu'on ne va point chercher parmi les cheveux blancs;
Il en est toutefois : Vétérans du désordre,
Ceux-là, sur quoiqu'on fasse, ont toujours de quoi
      mordre;

Ils voudraient, n'ayant pu prendre temps pour s'as-
      scoir,

Qu'on ne fit autour d'eux jamais que se mouvoir.

Tel qu'un désir si fou constamment préoccupe,
Se croit d'autant plus pur, qu'il fut plus souvent dupe;
Pur ! A tous les partis il présenta sa main ;
Si tous l'ont refusée , est-ce un signe certain

Qu'il nourrissait au fond de meilleures pensées,
Qu'elles étaient surtout plus désintéressées?
Est-ce par conscience , ou bien par nullité,
Que jamais un peu haut il ne se vit porté ?
La réponse est facile : En plus d'une carrière,
Sous tout maître venant et sous toute bannière,

Il fit tant bien que mal quelques pas , mais toujours
Je ne sais quel obstacle a ralenti son cours ;
Ce n'est point qu'il manquât tout-à-fait de souplesse,
Qu'on en juge : Il avait , en des jours de détresse,
Au vainqueur de Ligny destiné quelques vers,
Mais Waterloo survint ; adieu, projets divers,
Fondés sur le retour d'une étoile éclipsée !
A l'émigré de Gand la pièce est adressée (¹) ,

Et des ressorts pieux qu'on sut faire employer
Valurent à l'auteur un honnête loyer,
Sans que la Royauté fùt pour lui plus sacrée.

Eh bien ! ce papillon à l'aile bigarrée,
Et tous ces picoreurs, qui, trop petits esprits,
N'ont pu faire jamais que de petits profits,
Traiteront d'Égoïste un patriote austère,
Que la mort d'Aréna comme eux ne fit point taire,
Qui, sous le bonnet rouge et sous les fleurs de lis,
Sur le bien, sur le mal, dit toujours son avis,
Et ne demanda rien, même dans l'indigence,
A ceux dont en son âme il blàmait la puissance,
Content qu'à son esprit, vassal de la Raison [2],
Chaque époque en passant apportât sa leçon.
Bien d'autres comme lui, sans détours, sans rancune,
Des passions du temps explorent la fortune,
Et savent l'indiquer aux esprits attentifs
Qu'un faux savoir de club ne rend pas trop rétifs.
Jeune homme, si le sort t'en fait jamais connaître
De ces braves gens-là, demande-leur ton maître,

Ton guide en ce bas monde où, par le temps qui court,
Le plus sage n'est pas celui qui mieux discourt.
Mais tu n'en feras rien : Ton inexpérience
Des premiers doit toujours aimer mieux la jactance,
Le ton accusateur, les récits mensongers,
Le courage hautain, hors le temps des dangers.

Oh ! Qu'ils ont fait de mal, depuis ce jour funeste
Où l'homme de l'exil vint jouer de son reste,
Et parut accepter leur zèle un peu suspect,
En attendant qu'il pût les remettre au respect ;
Depuis ce temps bizarre où des têtes profondes
Se mirent à créer le héros des deux mondes,
Tandis que, revêtant la pourpre du malheur,
Celui qui des Français n'était plus l'Empereur,
A défaut de remparts, subjuguant la mémoire,
Voyait ses torts soustraits aux pages de l'Histoire,
Son éclat durer seul, et ses contemporains
Oublier tant d'abus dont ils s'étaient tant plaints !
Grand aussi fut le tort de cette antique race,
Qui, sur le sol français ayant repris sa place

Après la République, après Napoléon,
Ne sut pas constamment faire bénir son nom.

La chose quelque temps fut peut-être facile ,
Et le dernier Louis était assez habile;
Mais trop de gens avaient à reprendre, à quitter,
Trop de gens que le ciel n'aurait pu contenter ;
Emplois et pensions , honneurs et priviléges ,
Armée, intérieur , tribunaux et colléges ,
On se disputa tout , et la guerre se fit ,
Non plus à flots de sang, mais à grands flots d'esprit.
Guerre non moins fatale ! aux extrêmes poussée ,
On vit des trois côtés s'égarer la pensée ;
Napoléon fut dieu : Marat eut des prôneurs;
L'opprobre féodal retrouva des honneurs.

Malheur, malheur, sans doute à l'ardente jennesse
Qui naquit en ces jours de politique ivresse ,
Où tout fut discuté, rejetté, convenu,
De nouveau proposé, de nouveau combattu;

Où l'on fut à plaisir absurde ; où les lumières
Servaient à brouiller tout ; où toutes les bannières
N'étaient qu'hypocrisie ; où l'on prêcha la foi,
Non plus au nom de Dieu, mais en celui du Roi ;
Où de Napoléon la répressive image,
Du progrès social parut être le gage ;
Où les hommes nouveaux parlaient de droits acquis [3],
Sans vouloir accepter ceux des Ducs, des Marquis ;
Où les vieux clubs poussaient leur gentilhommerie ;
Où tout avait sa voix, excepté la Patrie ;
Où rien n'était fondé, quelque part qu'on sondât,
Où ne surgissait rien, qui d'abord n'échouât.
Comment par tant de chocs la jeunesse froissée,
Eût-elle pu garder l'aplomb de sa pensée,
Elle, qui dans la lice osait déjà venir,
La lance des combats n'étant rude à tenir !
Quolibets factieux, vieux rébus politiques,
Traînant de tous côtés aux tribunes publiques
Pour en faire escourgée, il ne fallait grand art [4].
Ce décousu, ce vague, eut jadis trop de part
Même aux discours fameux, gloire de la Gironde ;

Car jeunesse eut toujours cette riche faconde
Qui se moule sur tout, et ne s'applique à rien.

Dans l'intérêt public, combattre c'est fort bien ;
Mais, pour le mieux défendre, il le faudrait connaître.
Chaque siècle a ses torts ; le progrès qu'on voit naître
A les siens, qu'en son germe il tient enveloppés,
Dont plus tôt ou plus tard les yeux seront frappés,
Qui, niés par les uns, dénoncés par les autres,
Produiront des débats tout semblables aux nôtres,
Grandiront, s'étendront comme ceux de nos jours,
Avant qu'on ait dessein d'en arrêter le cours,
Et qu'on n'atteindra point avec ces phrases faites,
Qui depuis cinquante ans circulent dans les têtes,
Qui cinquante ans encore y pourront circuler,
Sans qu'un abus, un seul, soit prêt à reculer,
A ne se croire plus chose fort nécessaire.

Vous voulez le progrès, je n'y suis point contraire ;
Mais chaque pas dénote un besoin inconstant ;
Quand tout marche, les lois doivent en faire autant,

Sous peine de rester quelque part imparfaites ;

Et pourtant on vous voit, arriérés que vous êtes ,

Toujours bayant après les Grecs et les Romains (⁵),

Sur leur code ou leurs vœux arranger nos destins !

Laissez donc une fois vos souvenirs de classe ,

Vos phrases d'écolier que leur non-sens efface,,

Et d'un savoir réel sondant les profondeurs ,

Du flambeau des calculs armez vos goûts frondeurs.

La carrière est immense , il est vrai ; les lumières

Jettent l'immensité dans toutes les carrières ;

Toute étude est complexe, et les meilleurs esprits

Devant chaque sujet , par le doute sont pris ;

Étudions pourtant , étudions sans cesse ;

En nos jours si brouillés, l'étude est la sagesse ,

Et le demi-savoir un effroyable écueil.

Toutefois, on ne vit jamais plus sot orgueil

Jaillir des premiers coups portés à l'ignorance :

L'ouvrier qui sait lire en prend plus d'assurance (⁶)

Que Montaigne et Pascal n'en montraient de leur

    temps ;

Il va dans son métier au pas de ses talens ;
Mais dans tout ce qui tient à la chose publique,
Il voit tout, il sait tout du fond de sa boutique ;
Prenant un regard d'aigle, « un ministre du Roi,
Dit-il à ses enfans, que sait-il plus que moi ? »
Pas grand'chose peut-être. Et pourtant la pensée
De tant de suffisance à la fin est lassée.
Toi-même tu sais bien quels avis saugrenus
Ces Gracques besogneux (7) ont parfois soutenus.
Mais si le drapeau noir flottait au Capitole,
Un décret viendrait-il leur couper la parole ?
Ou bien les verrait-on à *pièces de cent sous*
Chassés de la tribune et s'écarter de vous ?
Pensez-y. Liberté, ce n'est point imprudence ;
C'est tout voir, tout peser, mais avec la science
Pour compagne à toujours ; des rêves puritains
Assez et trop long-temps ont gâté nos destins.

Si loin d'étudier nos campagnes, nos villes,
Quels emplois, quels travaux, quels frais sont inutiles,
Ce que peut l'industrie, et mieux, ce qu'elle doit,

Le sort de chaque classe aussi bien que son droit ;
L'individu, le groupe et la commune entière,
Les Provinces, l'État, puis, passant la frontière,
Des autres nations les rapports et les goûts ;
Si loin de relancer dans ses derniers égouts
L'Usure qui se cache en s'appelant Finance,
De chercher un remède aux cancers de la France,
On vous voit sans relâche exciter mille bras
A jeter devant vous et pour vous tout à bas,
De quel droit voulez-vous qu'on prenne pour civisme,
O sépulcres blanchis, cet atroce égoïsme,
Dont le pareil jamais, aux temps les plus pervers,
Ne se joua des maux du crédule univers,
Fondant à part du peuple un espoir chimérique,
Non de bonheur commun, de fortune publique,
Mais d'intérêt privé, de places, de grandeurs,
Sur le péril de tous, sur toutes les douleurs?
De quel droit voulez-vous, devant votre jactance,
Que se taise humblement l'honnête homme qui pense,
Quand la raison lui dit que vous la violez,
Quand la Patrie en deuil demande où vous allez,
Quand le peuple plus sage et plus droit que vous n'êtes

Ne voit que sa misère aux beaux plans que vous faites,
Et craint que vos essais n'aboutissent enfin
Qu'à lui prendre à la fois son repos et son pain ?

—

NOTES.

(¹) *A l'émigré de Gand la pièce est adressée, etc.*

Ce n'est là qu'un exemple pris au hasard des nombreux
volte-faces qui ont eu lieu à l'époque dont on parle ; on en
trouverait sans peine de bien autrement caractéristiques ; des
louanges vagues, formulées en rimes , et qui, sauf quelques
petites variantes sans doute, peuvent indifféremment s'adres-
ser à Napoléon ou à Louis XVIII , ne tirent pas plus à consé-
quence que des bouquets à Chloris ; et c'est un service qu'on
doit à la nouvelle littérature d'avoir, depuis vingt ans, entiè
rement dégoûté de toutes ces balivernes.

(²) *Content qu'à son esprit , vassal de la Raison , etc.*

Ne point prendre part aux agitations des partis, ce n'est pas
être indifférent pour la chose publique. On ne se figure pas combien cette indifférence, qui n'est qu'apparente, coûte quelquefois à garder. Mais , quand on voit des torts si promptement

naître dans les partis qui paraissaient avoir les meilleures intentions, comment peut-on de sang-froid en embrasser aucun ?
Quelque nom qu'il plaise aux fanatiques, aux sots, de donner
à ceux qui veulent rester dans les limites de la raison, du bon
sens et de l'honneur, ils forment, pour ainsi dire, un corps de
réserve, qui voit de plus loin qu'eux, et ne perd jamais de
vue la patrie, pour la secourir au besoin.

(¹) *Où les hommes nouveaux parlaient de droits acquis, etc.*
S'il est une expression qui m'ait étonné de la part des libé-
raux, c'est celle-là. Des rebelles, des révolutionnaires, des
Bonapartistes, pouvaient à la rigueur s'en servir, mais non pas
les autres ! Car ces mots rappelaient une transaction qui n'avait
été passée qu'avec les occupans. Du reste, tout devint bientôt
droits acquis, et rien ne devrait plus dégoûter des révolutions,
que de voir cette multitude de droits qu'elles donnent. C'est
au point que s'il en survenait encore une, la moitié de la France
serait soldée ou pensionnée par l'autre. Je crois même qu'il
n'en est pas autrement aujourd'hui.

(²) *Pour en faire escourgée il ne fallait grand art, etc.*
L'auteur a cru pouvoir risquer cette expression, en parlant
de l'éloquence révolutionnaire, toute composée d'idées et de
phrases empruntées de toutes parts ; il a cru pouvoir la com-
parer à ce fouet qui est fait de plusieurs courroies de cuir et
qu'on appelle Escourgée.

(⁵) *Toujours bayant après les Grecs et les Romains, etc.*

Nos faiseurs d'utopies ne citent plus directement les Grecs et les Romains ; mais ils règlent leurs plans sur ceux des harangueurs de 93, qui les citaient à satiété.

(⁶) *L'ouvrier qui sait lire en prend plus d'assurance, etc.*

Ce n'est pas tout que de savoir lire, il faut encore avoir assez de connaissances pour juger de ce qu'on lit. Dans le vaste champ de la littérature, il y a beaucoup de plantes vénéneuses. Ce qui n'est qu'un excitant pour quelques esprits, est un véritable poison pour les autres. Il faut avoir déjà beaucoup lu, pour savoir dans quel esprit on doit lire. Mithridate s'était accoutumé petit-à-petit à ne plus craindre les effets du poison. Combien peu de lecteurs ressemblent à Mithridate !

(⁷) *Ces Gracques besogneux, etc.*

Ce ne sont pas les ouvriers les plus laborieux qui s'occupent de politique. Les ouvriers qui aiment le travail, aiment aussi l'ordre ; et s'ils voient à leur sort des améliorations possibles, ils ne les attendent pas d'une catastrophe qui les mettrait à l'instant sur le pavé, mais d'un temps de calme, qui permette aux gouvernemens de ne plus songer à se défendre eux-mêmes, ce qui est une de leurs premières lois, et de s'occuper plus entièrement du sort des peuples qui leur sont confiés.

III

ENFIN, vous y voilà! Ce n'était point la peine,
Jà n'est long-temps encor', de crier hors d'haleine
Au Jésuite (¹), à l'infâme, au moine scélérat,
Au ministre de paix prêchant l'assassinat.
Ceux qu'alors en public vous paraissiez défendre
Vous savaient peu de gré d'un intérêt si tendre;

Peut-être voyaient-ils que le rôle était faux,
Et que par jalousie à des poignards dévots
Vous lanciez vos lardons. Pour gens de même robe,
Tout ce qu'un autre fait, c'est un fruit qu'il dérobe.

Entre nous cependant le scandale est affreux ;
Car enfin vos rivaux étaient des ténébreux ;
Des suppôts de l'erreur, esprits atrabilaires,
Gonflés d'un sot orgueil, encroûtés de mystères ;
Mais vous, enfans d'un siècle où l'on ira si loin,
Vous dont la Liberté, dit-on, avait besoin
Pour fonder son empire en cette ruche d'hommes
Où le bagne est prôné (²), fiers Catons que nous
       sommes !
Vous, de qui les écrits semblaient le prospectus
D'un État se fondant sur toutes les vertus !
Vous, dont l'éclat devait chez la race future
De tous siècles passés rendre la face obscure,
Embryons glorieux !... Enfin, vous y voilà
A la piste suivant les fils de Loyola,

Ainsi qu'aux bords fameux où Méhémet domine,
Un troupeau de chameaux après l'âne chemine (³).

Je n'aurais pas voulu toutefois pour beaucoup
Que l'honneur libéral reçût un pareil coup,
Coup fatal qui mettra les autres à leur aise ;
Car je suis libéral, moi, ne vous en déplaise,
Je le suis, je le fus et le serai toujours.
Avec quatre-vingt-neuf ma raison prit son cours ;
Cette époque d'espoir enchanta mon enfance ;
Presqu'autant que ma mère alors j'aimai la France,
Et cet amour depuis ne s'est point altéré
Malgré le cours des ans, malgré vous et malgré
Vos pareils, aboyante et sinistre cohue,
Qui, la plume à la main, au sénat, dans la rue,
Contre les bonnes lois, la sage liberté,
Quel que fût le pouvoir, sans cesse ont protesté.
Ainsi feront toujours sans haine, sans caprice,
Les médiocrités qui se rendent justice,

Et qui, durant le calme et devant des yeux sains,
Verraient à leur valeur estimer leurs desseins ;
Ainsi firent vos dieux, Marat et Robespierre,
Et tous ces autres nains qui, pour lancer la pierre,
Ayant vu de plus grands devant eux se placer,
Ne voulurent leur mort que pour les dépasser.

Dans leur tête eux aussi véritables Jésuites
Couvaient l'hypocrisie avec toutes ses suites ;
Si c'est là du génie, il doit rester leur lot :
Du reste, cerveaux creux, en des termes d'argot
Ainsi que nos filoux puisant leur éloquence ;
Forts de la peur d'autrui, secs et pleins d'arrogance,
Et dont le style lâche (⁴) à grands efforts pressé
Ne se teint que du sang par leurs conseils versé.

Que ne puis-je en vos cœurs, jeunesse aventureuse,
Graver mes souvenirs de cette époque affreuse,

Quand les discours de l'un solennellement lus
A nous petits enfans, de l'avenir élus,
Avec leur éloquence homicide et frivole
Jettaient des flots d'ennui sur les bancs de l'école,
Quand le buste de l'autre au sein de la Cité
Chaque dixième jour en triomphe porté,
Des vœux d'un forcené menace permanente,
De cet âge de fer résumait l'épouvante.
Pour fuir en même temps les phrases du rhéteur,
Et le couplet : *Marat, du peuple le vengeur,*
Chefs-d'œuvre dont le sens n'allait pas à ma tête,
Je désertai l'école, et pourtant si la fête
Célébrait Toulon pris, le *Bouton* ou Fleurus (⁵),
De moi-même en ces rangs dont je m'étais exclus
Je suivais le cortége au temple *décadaire*,
Malgré Marat, malgré son culte sanguinaire ;
La gloire du pays effaçant à mes yeux
L'horreur du nom, des chants, de la pompe et des lieux.

Disciples de Marat, croyez-vous que l'histoire
Réserve à vos essais des pages de victoire ?

Le cas est fort douteux. Vous dites quelquefois :
Le monde politique est mobile en ses lois,
Rien n'arrive de même ; et ce grand coup qu'on ose
Ne sera selon vous qu'un désordre à l'eau-rose,
Une flèche bien due à ceux qu'elle atteindra ,
Et s'arrêtant tout court, sitôt qu'on le voudra;
Quant aux autres pays, des liens sympathiques
Unissant leur pensée à nos vœux politiques,
Ils nous imiteront ; partout la Royauté
Verra par notre élan son vain titre emporté.

Cela n'est point certain ; je vous le dis encore :
Les peuples ont un cœur, et ce cœur vous abhorre;
Jamais l'assassinat ne put être auprès d'eux
Qu'un attentat ignoble , un désespoir hideux.
Voulez-vous donc savoir , Marats héréditaires ,
Ce qu'on pense de vous aux terres étrangères ?
Allez le demander à ceux qui, l'an dernier,
Ont changé pour l'exil l'ennui du prisonnier....

Enfin, vous y voilà, Jésuites sans croyance,
Qui ne songez qu'à vous en parlant de la France,
Après tant de complots, de ligues, de défis,
D'émeutes coup sur coup et d'assauts entrepris
A l'aide du mensonge et de ces fourberies
Qui se glissent le mieux dans les âmes hardies,
Las de fouiller partout (⁶) et de ne ramasser
Que des bras dont l'honneur doit toujours se passer,
Et ne pouvant plus même au milieu de nos fanges
Dans l'ombre recruter vos stupides phalanges,
Voilà qu'on vous surprend, disciples de Marat,
A des cerveaux brûlés prêchant l'assassinat !
De progrès en progrès avilissant la Presse,
De nos lois, de nos mœurs, cette grande prêtresse,
Lui dicter de tels vœux ! Oh ! c'est un peu trop fort ;
Jeune homme, convenez que vos frères ont tort :
Et ce tort, vous pourrez encor mieux le connaître,
Si vous jetez les yeux sur la mort de leur maître.

On usait de Marat, mais on ne l'aimait pas ;
Lui répondre, c'était descendre un peu trop bas,

Les Girondins avaient des amis, au contraire,
Même dans le parti qui les avait fait taire ;
Aussi périrent-ils, moins par le trente-un mai
Que par l'affreux couteau de Charlotte Corday :
Oui, bien plus que Marat, cette fille égarée
Secoua tous les maux sur la France éplorée.
Jeune homme, dans nos mœurs, voilà l'assassinat !
La Terreur elle-même en fut un résultat.

Vous vous flattez en vain que le peuple vous aime (7) ;
Lui ! Vous aimer ! Pour vous sa répugnance extrême
Vous épouvanterait, si vous la connaissiez !
Mais vous la connaissez ; de vos inimitiés,
De vos lâches fureurs, de votre rage atroce,
C'est là tout le secret ! Cette pensée est fausse
Qui voudrait séparer le peuple de son roi ;
Peuple et Roi, ce n'est qu'un ; c'est la première loi
Du pacte social, loi plus intelligible
Quand gronde l'anarchie et que son spectre horrible

Se lève menaçant et jette en nos cités
L'effroi qui les parcourt à pas précipités ;
Qui dans tous les canaux d'où le peuple a sa vie
Va dessécher l'espoir, âme de l'industrie,
Et livre tout-à-coup aux terreurs de la faim
Le pauvre qui n'a plus qu'un travail incertain.

Vous répugnez au peuple, et dans votre colère
Vous lui volez toujours ce calme qu'il espère
Et dont il a besoin pour que l'on songe à lui.
Depuis que de Juillet le grand soleil a lui,
Sitôt qu'à l'horison l'espoir du mieux se montre,
Votre esprit s'en irrite et se rue à l'encontre.
Vous parlez du budget ; qui donc, si ce n'est vous,
Empêche les impôts d'être à la fin plus doux ?
Qui retient le pouvoir et nous force d'attendre
Qu'il ne pressente plus l'instant de se défendre ?
C'est son droit, son devoir, c'est nous-même qu'il sert,
Et c'est bien contre vous que notre argent se perd ;
C'est à cause de vous que souffrent les provinces,
Vous, si beaux de fureur et de talent si minces,

Vous, jésuites pervers, qui de vos insuccès
Prétendez nous punir par de nouveaux excès,
Et resserrant l'espace où doit rôder le crime,
Pensez atteindre l'arbre en visant à la cime,
Espérant que cet arbre à la fin séchera,
Que le vôtre aussitôt en son lieu verdira,
Et qu'une fois entrés aux murs du Capitole
Du budget dans vos mains coulera le Pactole,
Car c'est là ce que veut la dévorante ardeur
Qui vous consume tous, jésuites sans pudeur,
Là que porte surtout votre patriotisme,
Que prétend se carrer votre infâme égoïsme,
Tout en disant alors nous avoir amenés
Au bonheur pour lequel tous les hommes sont nés;
Mais gardez ce bonheur, ô détestable engeance :
Notre espoir n'est qu'en Dieu; Dieu protège la France.

NOTES.

(¹) *Au jésuite, etc.*

L'extens'on que nous donnons au mot *Jésuite*, nous ne saurions nous la permettre dans l'histoire, et c'est ce qu'on a trop souvent oublié. Tous les Jésuites ne partageaient pas les sentimens de ceux qui sont notoirement connus pour avoir prêché l'assassinat. Il en était de ce corps comme de tant d'autres où une certaine minorité fait le mal à elle seule, et en communique la réputation à tous.

(²) *Où le Bagne est prôné, etc.*

Une certaine portion de la presse, après avoir fait un saint d'Alibaud, et s'être rendue l'apologiste de l'assassinat politique, a cru devoir, à l'occasion du départ de la chaîne, recueillir les chants du Bagne, et colorer de poésie cette effrayante protestation contre les lois divines et humaines. Rendre intéressans les voleurs, les assassins, leur élever un piédestal, caresser leur orgueil, quel progrès !

(³) *Ainsi qu'aux lieux fameux où Méhémet domine*
Un troupeau de chameaux après l'âne chemine, etc.

Un âne précède d'ordinaire les caravanes de chameaux, et

nos marins de Provence ont plusieurs dictons et plaisanteries qui font allusion à cet usage.

(⁴) *Et dont le style lâche*, etc.

On ne comprend pas qu'un appréciateur aussi éclairé des œuvres d'esprit, que l'est M. Charles Nodier, ait pu trouver tant de mérite à l'éloquence de Robespierre. C'est probablement un paradoxe qu'il a voulu soutenir. Il lui est arrivé d'en émettre de plus heureux.

(⁵) *Célébrait Toulon pris*, *le Bouton ou Fleurus*, etc.

A un quart de lieue de Rosas, en Catalogne, se trouve le village et le fort de *la Trinité*. Ce fort a le double objet de défendre l'entrée du golfe, et de protéger la place de Rosas. Les français, en 1794, débaptisèrent le fort de la Trinité, et l'appelèrent le *Bouton de Rose*. Ces lieux devinrent le théâtre d'un des plus brillans exploits de l'armée des Pyrénées–Orientales. Pour foudroyer le *Bouton*, nos troupes établirent leur artillerie au sommet de rochers escarpés, où les chasseurs les plus audacieux auraient à peine osé poursuivre le gibier.

(⁶) *Las de fouiller partout*, etc.

J'ai vu amener à la Conciergerie dans la matinée du 14 avril 1834, des prisonniers qu'on venait de faire; il n'y avait rien de plus hideux que ces figures-là, hommes et enfans. C'étaient des misérables à qui on avait mis dans la main un fusil et une pièce de cent sous, pour se battre. Je traversai Lyon quelques temps après, on me dit que le plus grand nombre des combattans n'était pas autre chose. On sait d'où est venu en grande partie l'argent que de soi-disant Républicains ont touché ; on sait que cet argent a été l'une des principales causes de leurs divisions ; le respect pour un grand nom nous empêche de dire tout ce qu'on peut conjecturer là-dessus. Une histoire qui ne pourra être achevée par la même main qui l'a commencée ; un voyage en Angleterre etc., une tournure d'esprit qui n'était rien moins que démocratique, donnent aussi beaucoup à penser ; mais, je le répète, on est réduit là-dessus à des conjectures.

(⁷) *Vous vous flattez en vain que le peuple vous aime*, etc.

Le peuple, pour qui les Républicains ont la prétention de travailler, est très-visiblement un ingrat ; je ne l'ai jamais entendu faire leur éloge, ni leur souhaiter du bien. Pendant que les prisonniers dont j'ai parlé dans la note précédente, longeaient le marché aux fleurs, des hommes du peuple qui étaient là, et qui bien certainement n'appartenaient pas à la police, car, les mouchards ayant fait eux-mêmes la révolte, s'il faut en croire les gens du parti, ne pouvaient pas se trouver partout, et les prisonniers d'ailleurs auraient pu les reconnaître et les dénoncer, des hommes du peuple donc qui étaient là, criaient aux soldats de l'escorte : A l'eau ! A l'eau ! F.... tous ces B......-là à l'eau !

Le 11 juillet dernier, ayant entendu passer dès avant trois heures du matin, de la cavalerie qui montait au faubourg Saint-Jacques, puis de l'infanterie, je présumai que l'exécution d'Alibaud aurait lieu de bonne heure. En effet, un peu après cinq heures, je vis de ma fenêtre les curieux commencer à re-

descendre le faubourg, et je sortis prenant la direction oppo-
sée à celle qu'ils suivaient. J'arrivai au rond-point au moment
où l'on achevait de laver les planches de l'échaffaud et le pavé.
Il restait sur la place une cinquantaine de personnes distribuées
en différens groupes et qui se racontaient les derniers momens
d'Alibaud, comment, par exemple, il s'était précipité dans les
bras de son confesseur, et quelle indicible expression avait eu
son regard, quand le bourreau lui eut ôté le voile noir. On
ne pouvait pas bien décider si en montant sur l'échaffaud,
il avait dit : *je meurs pour* la république, ou *je veux* la république, car sa voix était oppressée. Un homme âgé soutint qu'il
avait dit : je *veux* la république. *Eh bien! il l'a*, répondit un gros
homme qui s'approcha du groupe et tous ceux qui étaient présens
jusqu'à des femmes répétèrent : *Eh bien! il l'a*. Une
femme voulut même expliquer ce qu'elle entendait par cette
République, et c'était suivant elle, *la confusion de monde*
qu'il doit y avoir là-bas. Du reste, Alibaud n'a dit que ces
quatre ou cinq mots mal entendus, quoiqu'il ait plu à cer-
tains journaux de lui faire dire autre chose, et l'on n'a pas eu
besoin d'un roulement de tambours pour empêcher de l'entendre.
Je ne puis pas même me rappeler avoir vu des tambours
en tête des troupes qui se retiraient. Quant à la contenance
de ces troupes pendant l'exécution, personne dans les
groupes n'en disait mot. Sans doute elle était grave;
nous ne sommes plus au temps où l'on battait des mains,
et où l'on criait : Vive la République! à chaque tête qui
tombait.

L'homme âgé, qui était un médecin de campagne et qui

avait été dans son pays un révolutionnaire, comme je le compris par la suite de son discours, eut bientôt à se consoler de la manière brusque dont la parole venait de lui être coupée. Il était resté seul avec moi, lorsqu'un individu s'approcha et dit qu'on venait de faire mourir un homme dont le pareil n'avait pas paru depuis cinquante ans, un jeune homme qui aurait été capable de tout. Il se plaignit ensuite des propos qu'on tenait contre les républicains, et prétendit avoir tancé un de ces méchans discoureurs qui exposaient les républicains à relever la balle et à se faire arrêter. Puis il dit : Ce peuple de Paris laisserait guillotiner tous les Républicains les uns après les autres pourvu que, l'exécution faite, il pût comme auparavant aller boire aux barrières. En effet, la plupart des personnes qui étaient là, traversaient les deux boulevards et se dispersaient dans les différens cabarets du voisinage. On ne verrait pas cela dans les provinces, ajouta-t-il, et là-dessus force injures adressées au peuple parisien. Et de quelle province êtes-vous? dit l'homme âgé. Des explications s'ensuivirent, il se trouva qu'ils étaient de L..... tous les deux, et l'un et l'autre médecins ; le vieux ne gagnant que trente sous par jour, à ce qu'il dit, et le jeune, moins encore. Mais celui-ci faisait un livre qui aurait un grand succès, et qui renfermait la doctrine modifiée des Saint-Simoniens, qui au demeurant ne lui plaisaient point comme cotterie. Il avait été forcé de quitter L..... à cause de son attachement pour Napoléon qui l'avait fait élever au lycée de Turin, et c'était apparemment pour lui un autre Napoléon que ce malheureux dont le sang venait de couler ; car ces sortes de républicains ne rêvent pas autre chose.

L'exécution d'Alibaud ne fit donc pas sur le moment une grande sensation. Le parti aurait voulu qu'il prononçât d'une voix ferme et assurée quelques paroles analogues au discours dont la Chambre des Pairs n'avait pas dû supporter la lecture ; car ce discours ne faisait absolument rien à la défense, pas plus qu'une page du *vindiciæ contra tyrannos* ou de tel autre livre que l'avocat aurait jugé à propos de faire lire par son client. Mais ce dernier scandale ayant manqué, on s'est mis à blâmer une exécution que la veille on désirait ardemment ; c'est le mot, afin d'avoir un martyr dont l'exemple et les paroles suprêmes pussent échauffer de jeunes têtes. Pour l'intérêt de la cause, disait-on, il faut qu'il meure. Si le roi lui fait grâce de la peine capitale, tant pis pour lui, disait-on aussi. Cette derniere idée n'était pas propagée sans intention : Comme on voulait la mort d'Alibaud, dans la supposition qu'elle serait éclatante de courage, on cherchait à faire entendre que de commuer sa peine, ce serait lui faire avoir des imitateurs, parce que la prison avait des chances de délivrance capables d'entraîner les assassins que la crainte de la guillotine retenait. Au fond, la mort ou la commutation de peine flattait également certaines espérances ; mais le premier moyen n'ayant pas réussi autant qu'on le désirait, on a regretté l'autre. Et puis, qu'un honnête homme qui pense aille se jeter dans un parti, pour s'exposer à combiner de telles scélératesses !

Je ne puis finir ce te trop longue note, sans rappeler une circonstance à laquelle il conviendrait qu'on obviât. J'allais dans les champs pour rasséréner un peu mon imagination que toutes ces choses avaient noircie, pensant au père de la victime, et à ces autres pères qui ne craignent pas de tenir en famille des propos dont leurs fils peuvent être pervertis, lorsque je vis arrêtée à la porte du plus important cabaret de la barrière Saint-Jacques, la charrette qui portait les pièces de l'échaffaud, les instrumens du supplice et le fatal panier. Je présumai que les bourreaux étaient dans ce cabaret occupés à boire et à manger; l'image du père de la victime m'apparut plus douloureusement encore, et je m'indignai de cette inconvenance qui paraît être habituelle. Ces gens-là pourraient bien aller boire et manger un peu plus loin le prix de l'œuvre qu'ils viennent de faire.

IV

Ainsi, nos monumens ne sont plus de carton,
De plâtre ni de bois ; c'était de mauvais ton,
D'un plus mauvais augure encor que cet usage ;
Du bronze et de la pierre, à la bonne heure ; un sage,
Je ne sais plus lequel, comme l'on fait son lit
On se couche, dit-il ; nous couchons par écrit

Nos sentimens , nos lois, nos devoirs ; soin frivole !

Ce n'est que du papier; un souffle , et tout s'envole.

Voyez plutôt : depuis à peu près cinquante ans

Que nous est-il resté de ces bruits éclatans

De journaux, de tribune, éternelles fanfares ;

De vingt partis, toujours absurdes et barbares ?

Que nous est-il resté de ces projets fameux ,

De ces monts d'or dressés pour nous et nos neveux ?

Rien ou fort peu de chose ; et si l'on osait dire ,

Au mauvais quelquefois a succédé le pire ;

C'est une vérité ; n'en parlons pas trop haut ;

Le mieux toujours nous fuit, c'est le bien qu'il nous

    faut.

Enfin, tout ce qu'au bout de notre longue histoire

On voit de plus certain, de plus clair, c'est la Gloire,

La Gloire, qui d'un peuple excitant la vertu,

Ne permet point qu'il soit des revers abattu,

Solide fondement où la main du Génie

Peut rétablir toujours l'autel de la Patrie ;

Ce *Mallus* où venaient nos ancêtres Gaulois

Reconnaître leurs chefs et discuter leurs droits ;

Ces emblèmes de force et de lois immuables,
Que le Nil contemplait sur ses bords vénérables ;
Cet hommage au passé que Rome avait compris,
Et dont Napoléon connaissait tout le prix.
Louange donc, louange à la splendeur sensée,
Qui, du grand Empereur achevant la pensée
Relève par la gloire un peuple généreux.
Que des fourbes voudraient ignoble et vil comme eux !
Bon peuple que sans cesse en une fausse route
Ils cherchent à jeter, croyant qu'il ne voit goutte,
Qu'ils rendraient, disent-ils, et plus riche et plus fort,
Mais qui de Pélias aurait plutôt le sort,
Quand, pour le rajeunir, ses filles l'égorgèrent.

Tous ces pensers divers l'autre jour m'agitèrent,
En allant visiter pour la première fois
Ce monument superbe où revivent nos droits
Aux respects de la terre, aux hommages du monde.
Du peuple je suivais la colonne profonde,

Qui marchait dans sa joie, et du séjour royal

Ne formait qu'une chaîne au grand arc triomphal;

Vrai peuple de Paris, intelligent et sage,

Zélé pour la patrie et brillant de courage,

Dont les enfans jadis aux plus rudes combats

Ne s'offrirent jamais en vulgaires soldats.

De cette foule immense avec calme empressée

Trois grands objets sans doute occupaient la pensée :

Elle même et son sort, Napoléon, le roi,

Le roi dont les périls ont causé tant d'effroi

Aux vrais amis du peuple, aux enfans de la France

Dont le cœur n'est point mort à la reconnaissance,

Et qui ferment l'oreille à ces mille propos,

Ouvrage des méchans et pâture des sots.

Mais de la marche enfin voilà, voilà le terme !

Sortons de cette foule où circule en son germe

Ce principe sauveur qui veut pour les États

Gloire, haute sagesse et noble accord des bras;

Tandis que s'arrêtant de plus en plus serrée,
Au sentiment du Beau toute entière livrée,
De ce Beau si puissant, l'ordre dans la grandeur,
Elle rêve les jours de son grand Empereur,
Et parmi tous ces noms que peut citer l'Histoire
N'en prend qu'un pour verser sur lui seul tant de Gloire,
Asseyons-nous au pied du hardi monument,
Et que tous nos pensers recueillis un moment
Viennent rectifier ce culte populaire,
Qui, légitime au fond, peut, quand on l'exagère,
Nuire à l'ordre, et blesser l'auguste vérité,
Le bon sens du pays, la parfaite équité.

Pourquoi tant de combats, de guerres acharnées?
Peut-on dire d'abord. Des bandes forcenées,
Allaient-elles sans but et rien que pour du sang
Heurter d'un rang stupide un plus stupide rang?
Était-ce pour cueillir des palmes pédantesques,
Pour faire à l'Opéra des triomphes grotesques?

Non ; l'ordre social avait été troublé ;
Jusqu'en ses fondemens le monde avait tremblé,
Il voulait se rasseoir ; et contre l'anarchie
Qui dans ses mains de fer broyait notre patrie,
Tous les peuples cherchant à défendre la leur,
Un défi fut porté que tint notre valeur.
C'était notre devoir ; le sol et sa défense,
Tel était avant tout le besoin de la France ;
Aux grands hommes le soin de rétablir les lois,
D'enchaîner les partis, d'assurer tous les droits.
Mais nul n'apparaissait qui, saisissant les rênes,
Au désordre arrachât ses formes souveraines,
Raffermît la pensée et commençât un cours
De bon gouvernement et non de beaux discours.

Après que la *Terreur* se frappant d'impuissance
Eut relâché sa proie et permis l'espérance,
On vit des hommes d'ordre et de talens divers,
Suivre, élargir du bien les sentiers entr'ouverts,

Et couper la racine aux maux les plus visibles ;
Mais leur bannière admit des esprits irascibles,
Bien moins hommes publics qu'avocats orgueilleux ;
D'autres qui, des chefs morts proxenètes honteux,
Voulaient qu'on oubliât leur rôle de la veille ;
D'autres au son de l'or peut-être ouvrant l'oreille...
Et bientôt s'échauffant d'une fausse fureur
La jeunesse s'arma pour cette autre *Terreur* (¹),
Terreur de jour, de nuit, de grand chemin, de rue,
Terreur chère aux salons et par la mode accrue,
Que plus d'un magistrat encouragea souvent,
Et qui, trompant l'espoir d'un cabinet errant,
Ne semait que la haine et reculait sans cesse
Le grand jour où la paix nous tiendrait sa promesse,
Le jour où les partis abaissés tour-à-tour,
Le seraient tous ensemble enfin et sans retour ;
Où la *Loi violente* irait au même abime
Confondre ses couleurs avec celles du *Crime* (²) ;
Où l'on ne craindrait plus qu'au poignard ambulant
Succédât par décret le glaive permanent ;
Où la paix, que les chefs au fond voulaient tous faire

Aurait pour garantie un pouvoir tutélaire
Qui ne fût point sorti de leurs rangs odieux,
Et dont nul en ces rangs ne pût être envieux.

Mais rien n'apparaissait dans ce désert immense,
Dans ce désert moral où périssait la France,
Désert de noms puissans, de noms triomphateurs,
Qui, sitôt proférés, ont gagné tous les cœurs ;
Seulement, vers les bords où succomba Pompée
Un héros se montrait dont l'éclatante épée
Sur un exil de gloire attirait les regards ;
Même dans le public perçaient des vœux épars,
Qui, dans ce flux affreux de contraires alarmes,
En demandaient le terme à la gloire des armes ;
De nos troubles civils étaient nés les combats,
Il fallait qu'à son tour le pouvoir des soldats
De nos lois de colère arrêtât l'influence.
A ces vagues désirs s'accoutumait la France,
Quand un cri tout-à-coup sembla partir des cieux
Et presqu'au même instant retentit en tous lieux :

Le héros revenait, la patrie éperdue
Contemplait cette étoile à son espoir rendue.
Jamais plus beau triomphe; il fut écrit partout.
Les partis, dans leur rage alors poussée à bout,
Sur la commune joie un moment s'élevèrent;
Mais leur boue et leur sang bientôt les absorbèrent,
Et ce fut sans retour. Le pouvoir aux esprits
Put du calme nouveau faire sentir le prix.

Gloire à l'éclat guerrier par qui fut opérée
Cette œuvre de salut long-temps inespérée!
Plus d'ennemis viendraient la combattre en nos jours,
Plus d'obstacles secrets interrompraient son cours.
Des diverses *Terreurs* l'image alors présente
Rendait l'*homme* plus cher et sa main plus puissante;
La presse dès long-temps avait vu ses poisons
Affaiblis par l'usage, et d'impures leçons
Ne pouvaient reparaître où rayonnait la gloire;
On n'avait pas encore habillé notre histoire,

Elle était nue alors, et d'atroces fureurs
N'avaient pas osé prendre un passe-port d'*erreurs*;
La jeunesse inquiète et d'avenir pressée,
Vers mille emplois nouveaux dirigeait sa pensée,
Et la guerre surtout continuant toujours,
Était pour le pouvoir d'un merveilleux secours.

Les temps sont bien changés : Aujourd'hui tout conspire
    conspire
Contre le noble cœur qui veut sauver l'empire ;
Maintenir l'ordre en France et la paix au dehors
De tout autre que lui passeraient les efforts.
Avec trop de fracas la jeunesse élevée
Déborde les emplois ; la carrière privée
Elle-même n'a plus assez de sommités ;
Pour un qui prend l'essor, combien sont rejettés
Dans cet essaim d'oisifs, fléau de la patrie,
Auxquels le trouble est cher comme un espoir de vie,
Qui le cherchent partout aux cours, aux tribunaux,

L'excitent par leurs chants, leurs livres, leurs journaux !
Oh ! bien rude toujours fut la tâche suprême
De défendre un pays armé contre lui-même,
De protéger un peuple en tous sens investi
Par un serpent qu'il peut croire un jour son ami !

Gloire, gloire pourtant au héros magnanime
Pour qui *Loi violente* et phalanges du *Crime*
En un jour de bonheur subissant même sort
Nous cachèrent enfin leur visage de mort ;
Qui sut, ouvrant sa main de victoires remplie
Dans les flots de sa gloire emporter l'anarchie,
Puis, habile héritier des moyens que son temps
Inventa pour lancer de nombreux combattans,
Fit repntir les rois de n'avoir su comprendre
Qu'il était le seul bras taillé pour les défendre,
Le seul qui, dans ce monde à se dissoudre enclin,
Pût de son noble poids balancer le destin ;

Que la Paix, sans son nom, ne serait qu'une arène
Où les plus beaux talens périraient à la peine ;
Que lui seul en un mot pouvait être l'appui
De ces pouvoirs jaloux *qui n'en voulaient qu'à lui.*

Lutte immense où l'Europe a vu ses capitales
Tour à tour succomber à leurs heures fatales,
Lutte où le vainqueur même enfin s'épuisera,
Vrais combats de géants, non, rien ne restera
De vous, hors quelques noms qui, brûlant héritage,
Iront de nos nevenx embrâser le courage,
Et leur porter aussi la leçon de nos jours,
Cette image surtout que le siècle en son cours
A la France offrira de jour en jour plus belle,
D'un pouvoir généreux se dévouant pour elle,
Et qui, pour l'arracher aux gouffres entr'ouverts
Sait braver des périls plus fréquens, plus divers,
Qu'il n'en eût rencontrés dans l'époque éclatante
Sur ces blocs éloquéns à jamais triomphante ;

Cette image envoyée en des temps de douleur
Comme un palladium de paix et de bonheur,
Comme un dépôt vivant où nous trouvons sans cesse
Unité de l'État, force et haute sagesse.

NOTES.

(¹) *La jeunesse s'arma pour cette autre Terreur, etc.*

On veut parler ici des compagnies de *Jésus* et du *Soleil*. Selon
M. Charles Nodier, le seul écrivain qui ait donné jusqu'ici quelques détails sur cette période de nos troubles, le titre primitif
fut : *Compagnons de Jéhu ;* mais ce nom d'un libérateur des
Hébreux n'était pas assez populaire, malgré le vers d'Athalie :

   Dispersa tout son camp au seul nom de Jéhu,

et par un horrible blasphème, on le changea en celui de *Jésus.*

(²) *Où la loi violente au fond du même abime, etc.*

C'était un temps bien triste que celui-là. Aux assassinats
dans les rues ou sur les grands chemins succédaient les exécutions
militaires, et l'on voyait une belle jeunesse, entourée des plus
infâmes séductions, finir sous la balle des soldats une courte
carrière de débauche et de crimes. On a très-peu parlé de cette
époque sur laquelle nous avons des renseignemens importans
que nous publierons un jour.

FIN.

www.ingramcontent.com/pod-product-compliance
Ingram Content Group UK Ltd.
Pitfield, Milton Keynes, MK11 3LW, UK
UKHW021117140726
13695UKWH00004B/1549